AF144108

Eva Salvarani

Eine vergnügliche Reise durch den Lebensdschungel

Kurzgeschichten

novum ⬥ pro

Dieses Buch ist auch als
e-book
erhältlich.

w w w . n o v u m v e r l a g . c o m

Bibliografische Information
der Deutschen Nationalbibliothek:

Die Deutsche Nationalbibliothek
verzeichnet diese Publikation in
der Deutschen Nationalbibliografie.
Detaillierte bibliografische Daten
sind im Internet über
http://www.d-nb.de abrufbar.

Gedruckt in der Europäischen Union
auf umweltfreundlichem, chlor- und
säurefrei gebleichtem Papier.

© 2023 novum Verlag

ISBN 978-3-99146-422-8
Lektorat: Thomas Schwentenwein
Umschlagabbildungen: Eva Salvarani
Umschlaggestaltung, Layout & Satz:
novum Verlag
Innenabbildungen und Portrait der Autorin:
© Urheber Geronimo – www.geronimo.click

www.novumverlag.com

Climate neutral
Print product
ClimatePartner.com/16547-2201-1002

Widmung

Es ist schlimm, in einem Lande zu leben,
in dem es keinen Humor gibt.
Aber noch schlimmer ist es,
in einem Lande zu leben,
in dem man Humor braucht.

(Bertold Brecht)

Inhalt

Virus XXL

„Bist du schon mutiert?", fragt der Virus XL2 seinen Nachbarn XL1. „Nein, noch nicht", krächzt XL1. „Ich habe Halsschmerzen und mein Immunsystem ist momentan geschwächt. Es ist daher gefährlich, jetzt zu mutieren. Eine Überlebensfrage aus meiner Sicht. Außerdem will ich nicht aggressiv werden, diese Gefahr besteht auch. Ich habe einigen Mutierten meine Freundschaft gekündigt. Sie haben mich kurz nach ihrer veränderten Erbsubstanz verprügelt. Ein Jammer. Außerdem bin ich gegen das Klonen. Ich will meine Erbsubstanz behalten und sie nicht teilen oder kopieren."

„Fürchtest du dich vor der Impfung?", will XL2 von seinem viralen Freund XL1 wissen. „Ja, sehr, denn dann bin ich isoliert und kann dich nicht mehr treffen. Es kann noch mehr passieren. Wenn Infektionsstellen identifiziert werden, verlieren wir möglicherweise an Fitness. Wie siehst du das?" „Keine Ahnung", antwortet XL2. „Aber noch bin ich gut trainiert."

„Wie geht es deinem Stoffwechsel?", erkundigt sich XL2. „Ich habe leider keinen eigenen", bedauert XL1, „dazu muss ich erst eine Zelle befallen und mein Erbgut vermehren. Und Schmuggeln liegt mir nicht. Auch Kopierfehler, wie sie dabei oft vorkommen, widersprechen meinem Perfektionismus."

XL2 ist enttäuscht, irritiert und wird ungeduldig. „Du bist feige und unmodern, mutieren ist in und ein Gamechanger." XL1 will davon nichts hören. Er ist zu sehr mit seinem Erkältungsvirus beschäftigt.

Viren sind Nichtlebewesen und haben kein Gehirn, liest man. Offenbar ist da bei XL1 und XL2 ein grober Fehler passiert. Denn sie können denken. XL2 hat in GESTERN AKTUELL gelesen,

dass ein mutierter Virus vom Menschen auf ein Tier oder umgekehrt springen kann. Das klingt interessant. Die Vorstellung, ein Tier als seinen Wirt auszuwählen, fasziniert ihn. Trotzdem überlegt er: Was ist für mich reizvoller? Die Spezies Mensch oder die vielfältige Tierwelt?

XL2 ist sehr neugierig und kann es kaum erwarten, seine Feinde, die Antikörper, zu überlisten.

XL1 gurgelt inzwischen mit einer antiviralen Lösung. Hoffentlich gehen meine Halsschmerzen bald weg, denkt er und setzt sich auf ein sonniges Fensterbrett.

XL2 gesellt sich neben ihn. Für einen letzten Augenblick, denn die Gedanken an Vermehrung und Mutation fesseln ihn zu sehr. Und drängen ihn, dieses Ziel rasch zu realisieren.

Doch vorher möchte er noch sein Aussehen kennenlernen.

Sein 360-Grad-Blick fällt auf ein eingeschaltetes Elektronenmikroskop. Mit einem Virensalto hechtet er drauf.

Sein Körper gleicht einer Kaulquappe mit einem langen Schwanz. Seine Oberfläche leuchtet neonfarben. Endlich weiß er, wie er aussieht. Nicht übel, findet er.

Nach zwei Minuten wird es dort ungemütlich. Die Glasplatte ist glitschig und es gibt zu viele Elektronen. Eine virale Kommunikation ist mangels Kollegen unmöglich. Jetzt ist er bereit, rasch sein Erbgut zu vermehren und zu mutieren.

Neben dem Mikroskop steht ein neuer Fotokopierer. Wie mag das Ding funktionieren? Mit technischen Geräten konnte XL2 nie umgehen. Ist das Kopieren meines Erbgutes damit gefährlich?, fragt er sich. Das Internet vergleicht einen solchen Prozess mit einem Kopiergerät. Nun dann. Er beschließt, das Risiko einzugehen.

Die Beschreibung des Kopierers Type Corona 5 umfasst 50 Seiten. Leider unbrauchbar, da die Seiten in coronischer Sprache herausgerissen sind. Schade! Offenbar hat ein anderer Erreger seine Idee schon ausprobiert.

XL2 drückt die Tasten Farbe, Vergrößerung 100 % und die Anzahl 400. Mutig hüpft er auf die Glasplatte des Gerätes und genießt das grelle Licht beim Kopiervorgang.

Doch Ozon wird frei und XL2 bekommt Kopfschmerzen. Dann übergibt er sich. Er nimmt noch wahr, wie sich sein Erbgut immer und immer wieder kopiert und teilweise auch zur Größe XXL mutiert. Ob sich die neuen Viren auf Menschen oder Tiere stürzen, erlebt er nicht mehr.

Entenjagd am Donaukanal

Der Mann zog ein Messer. Ein großes Messer. Markus sah die Klinge blitzen. Was wollte der Chinese mit dem Messer? Markus hatte Angst. Große Angst. Es war bereits finster. Vereinzelt waren Straßenabschnitte beleuchtet. Die Gegend, in der sich Markus befand, war nicht zum Spazierengehen am Abend geeignet.

Markus begann zu schwitzen. Der Chinese mit dem Messer kam näher. Markus begann zu laufen. Er rannte die Stufen zum Donaukanal hinunter. Der Mann war direkt hinter ihm. Markus stolperte. Er blickte sich um. Der Chinese war verschwunden. Erleichtert rappelte sich Markus wieder auf. Er erbleichte.

Der Verfolger kam von vorne auf ihn zu. Das Messer hielt er in seiner ausgestreckten Hand. Markus griff in seine Tasche. Er holte eine Laserpistole hervor und blendete den Chinesen, der wie versteinert stehen blieb. Markus sprintete denselben Weg zurück. Vor ihm war ein großes Denkmal. Eine Reiterstatue. Als Schüler war er sie oft hinaufgeklettert.

Er hörte Schritte. Der Verfolger war wieder da und lief auf ihn zu. Markus bezwang blitzschnell die Statue. Oben angekommen, zückte er sein Handy und rief die Polizei.

Im Nu war das Denkmal von Polizeiautos umstellt. Blaulicht blinkte. Der Chinese war noch immer da. Sein Messer hatte er weggesteckt.

Die Beamten stellten ihn zur Rede. Der Chinese sagte aus, er wäre für sein Restaurant auf Entenjagd gegangen.

Karriereleiter TI-BETT

Abseits jeder Realität. Die Latte der Karriereleiter war hochgelegt. Sehr hoch. Doch er durfte die Hoffnung nicht verlieren, sie zu erreichen.

An Hochmut dachte er nie. Er lebte auf dem Land, hatte seine Wohnung sehr steril eingerichtet. Luxus war für ihn noch kein Thema. In seinem Domizil standen sieben Tische und unterschiedlich hohe Betten. Jeder Tisch hatte eine andere Farbe. Das brachte Abwechslung in seinen Alltag.

Montags frühstückte er immer am roten Tisch. Freitags am hellblauen. Auch die Betten wechselte er täglich. Nach einer Nacht auf einer harten Matratze im Stockbett freute er sich auf ein bequemes Boxspringbett. Die meisten seiner Freunde fanden das skurril. Und sie beneideten ihn, weil er so kreativ war.

Die Latte. Die hohe Latte der Karriereleiter. Fast hätte er sie vergessen.

Er schwang sich in sein Auto und fuhr zum nächsten Baumarkt. Die Auswahl an Leitern war enorm. Er entschied sich für eine hellblaue Holzleiter. Hellblau war seine Lieblingsfarbe. Sie erinnerte ihn an das Meer, wolkenlosen Himmel und sein Lieblingsgetränk, Curaçao.

Glücklicherweise passte sie haarscharf auf seinen Anhänger. Leider nicht in den Aufzug. Er keuchte samt der Leiter die Stufen bis zum ersten Stock hinauf und lehnte sie in seiner Wohnung an die Wand. Was er übersehen hatte: Die Leiter hatte nur eine Sprosse – die oberste. Was tun?

Also stapelte er daneben abwechselnd seine Tische und Betten übereinander zu einem Turm. Immer die hohe Latte der Leiter als Ziel vor Augen. Er nannte seine Tisch-Bett-Kombination TI-BETT.

TI-BETT wackelte gefährlich. Karriere machen ist auch riskant, dachte er. Also los.

Mühsam und vorsichtig erklomm er sein Möbel-Patchwork. Noch ein Bett und zwei Tische musste er überwinden, dann war er auf gleicher Höhe mit der Sprosse der Leiter. Fast geschafft. Nur noch ein Schritt nach rechts.

Doch das intensive Blau der Leiter verwirrte seine Sinne. Er sah sich am Strand der Malediven nach einem Seepferdchen bücken. Es war gelb wie die Sonne und zappelte im seichten Wasser. Doch auf einmal wechselte die Leiter die Farbe. Sie war jetzt braun. Jetzt kannte er sich nicht mehr aus. Ihm wurde schwindlig und er verlor das Gleichgewicht. Mit ihm fiel sein selbst gebastelter Turm krachend in sich zusammen. Nur die braune Karriereleiter lehnte unerreichbar wie angenagelt an der Wand.

800.000 Euro verloren?

Mit angehaltenem Atem räumt Sarkasti ihre zehn überreifen Ziegenkäse aus dem Kühlfach. Der Geruch war bestialisch. Doch bevor sie die Käse entsorgt, vergewissert sie sich, ob der Lottoschein nicht zufällig dazwischen gerutscht ist.

Leider Pech gehabt.

Sarkasti hatte schon mal ihren Lippenstift irrtümlich ins Gemüsefach gelegt. Deshalb wollte sie auch jetzt sicher sein.

Sie spielt bereits zum vierzigsten Mal Lotto. Vielleicht gewinne ich diesmal, hofft sie und beginnt, als optimistisch denkender Single, den Schein weiter zu suchen. Wo könnte er sonst sein, hab ich ihn nur verlegt oder doch verloren, überlegt sie.

Hat Sarkasti ihn zwischen ihren Dessous vergraben? Aus Angst, dass ihn ihre Putzfrau finden könnte, wäre das denkbar. In ihrer Unterwäsche-Lade herrscht das große Chaos, seitdem Adonis sie verlassen hat. Slips umarmen BHs, Netzstrümpfe verstricken sich mit Seidentops und ihre Bodys sind offenbar untrennbar ineinander verliebt. Sarkasti entleert die Lade. Wieder kein Lottoschein zu sehen.

Sie denkt angestrengt nach und versucht, sich an den gestrigen Tag detailliert zu erinnern. In der Früh erwarb sie in der Trafik den Lottoschein. Anschließend besuchte sie das Café Optimisti, ihr Stammlokal. Sie bestellte Maroni-Reis mit Schlagobers und einen Kakao. Gleich nach der Bestellung füllte sie den Lottoschein aus und steckte ihn in das Außenfach ihrer roten Handtasche.

Zu Hause angekommen, wechselte sie ihr Outfit. Sarkasti hatte für nachmittags eine Einladung zu einer Modenschau. Zu diesem Event wollte sie perfekt gestylt sein. Sie wählte ein weißes Kleid, einen schwarz-weißen Seidenschal, weiße Schuhe

GERONIMO 023

und ihre neue, weiße Straußenleder-Handtasche. Sie kippte den Inhalt aus ihrer roten Handtasche in die weiße.

Nun war alles klar: Der Lottoschein muss in dem Außenfach der roten Tasche sein. Und – da ist er auch. Sie ist sehr erleichtert. Irgendwie fühlt sie, dass heute ihr Glückstag sein könnte.

Es ist zehn Minuten vor sechs Uhr. Sarkasti läuft die Stiegen hinunter. Gleich rechts neben dem Haustor befindet sich die Trafik. Noch ist sie geöffnet.

Sarkasti gibt den Lottoschein ab. Die Trafikantin bittet sie um etwas Geduld. Sollte sie beim vierzigsten Mal Glück haben? Komisch, wieso dauert das heute so lange? Ein paar Ziffern sind doch rasch verglichen. Die Trafikantin macht zunächst ein ernstes, konzentriertes Gesicht. Dann strahlt sie Sarkasti lachend an: „Meinen herzlichen Glückwunsch, sie haben 800.000 Euro gewonnen!"

So schmeckt der Frühling

Ich beiße ins Gras. Ich sehe blühende Grashalme. Sie schmecken fremd. Ein zarter Wind kommt auf. Sie wiegen sich hin und her. Blaue Glocken läuten. Es sind die Blüten der Glockenblume. Sie neigen sich vor der Sonne. Ein zarter Duft umschmeichelt sie. Gänseblümchen strecken ihre kurzen Stängel aus. Als würden ihre Blüten versuchen, den Himmel zu berühren. Sie sind hübsch. Aber sie stinken schrecklich.

Ich liege auf dem Rücken und spüre etwas Stacheliges. Ich schaue nach. Es ist eine Distel, die mich pikst. Sie ist ungenießbar.

Ich bin hungrig, stehe auf und suche nach einem Apfelbaum. Leider wächst hier keiner. Doch ein süßlicher Duft steigt mir in die Nase. Er ist aphrodisierend. Magisch angezogen gehe ich ein paar Schritte und entdecke Erdbeeren. Ich pflücke einige und lasse sie langsam im Mund zergehen. Sie schmecken sehr süß.

Ein Schmetterling lässt sich neben mir nieder. Hummeln summen voller Freude. Die vielen Bienen nehme ich erst jetzt wahr. Sie fliegen von Blüte zu Blüte.
Der Frühling hat begonnen.

Stöhn. Uff. Schluck. Platsch.

Donald: (Knacks ... Zisch ...) Halt – Herbert, warte. Die Kaffeemaschine funktioniert nicht!

Herbert: (Grübel, grübel) Wie bitte?

Donald: Bist schwerhörig? Schau gefälligst nach, was da los
ist. (Pffffff...)

Herbert: Psssst! Schrei nicht so. Was soll los sein?

Donald: Pa... Zum Teufel! Bist du so deppert oder tust du nur
so? (Ächz) Die Kaffeemaschine spuckt keinen Kaffee aus und
ich brauch jetzt sofort einen! (Grrrrr) Sofort, hörst du? Richte
sie gefälligst! Du bist ja Techniker! (Schnauz ... Peng ...)

Herbert: (Schluck ...Ufff ...) Ich komm ja gleich. Hast du Wasser nachgefüllt? Ist sie ans Stromnetz angeschlossen?

Donald: (Stöhn ... Schwitz ...) Natürlich, du Obertrottel. In
der Früh ist sie auch noch problemlos gegangen. Also, woran
liegt es? Am Mittagsstress?

Herbert: Aua..., autsch ... Die ist ja brennheiß! (Zisch ...
Schluck ...) Ich brauch Werkzeug.

Donald: Pa..., ähh... Na dann, her damit, zack, zack, zack,
flotti, flotti.

Herbert: Uiiii, ich denke, die muss man entkalken.

Donald: (Zürn, zürn) Du bist doch Techniker, also los, worauf wartest du? (Pfffffff...)

Herbert: (Knirsch, knirsch) Gib mir zehn Minuten, dann
wird sie wieder funktionieren. (Stöhn ...) Ich hab meine Maschine zu Hause kürzlich auch erst entkalkt. Seitdem funktioniert sie einwandfrei.

Donald: Ähh ... Na, bin gespannt.

Herbert: So, die Prozedur ist beendet. Ich mach uns zwei Es-
pressi. (Schmatz)

Donald: Na endlich! (Mampff)

Herbert befüllt den Siebträger mit Lupinenkaffee, einem kof-
feinfreien Kaffee-Ersatz und reicht Donald dann die Tasse mit

dem frisch gebrühten Bio-Getränk, inklusive Milch und einem Löffel Zucker. Auch er genehmigt sich eine Tasse.

Donald: Oh, fein, suppi, endlich, dufti, dufti (er macht einen Schluck). Pfui Teufel! Was ist das denn für ein Gebräu? (Klirr ... Peng ...) Die Tasse landet am Boden.

Herbert: Oh, ich dachte, ich tue was gegen deinen Bluthochdruck, denn dein Gesicht ist ganz rot vor Aufregung!

Donald: Stöhn. Uff. Schluck. Platsch.

Der 101. Flirt

Schürze trägt er keine. Jäger ist er auch nicht. Oder doch? Sein Jagdtrieb nach attraktiven, möglichst jungen Frauen ist unstillbar. Sein Verlangen nach Sex unersättlich. Täglich, stündlich, minütlich. Und heute sitzt er wieder in seinem Lieblingskaffeehaus auf der Lauer.

Er nennt sich Leonardo. Der Name kommt bei Frauen immer sehr gut an. Aus Erfahrung, wie er weiß. Mit seinen langen, blonden Haaren, seinen himmelblauen Augen, seiner athletischen Figur und stolzen 1,85 m Größe lenkt er zahlreiche, sehnsüchtige weibliche Blicke auf sich. Paco, sein fünf Monate alter Pudel, liegt brav am Boden. Gelegentlich blinzelt er Leonardo an. Paco ist sein Joker. Wenn seine routinemäßigen Anbaggerversuche fehlschlagen, dann ist Pacos Einsatz gefragt.

Heute sitzt Leonardos weibliches Objekt nur drei Tische weiter. Sie hat lange schwarze Haare, volle rote Lippen, hervorstehende Wangenknochen und trägt ein reizvolles, kurzärmeliges, eng anliegendes Kleid mit einem atemberaubenden V-Ausschnitt. Ganz sein Beuteschema. Er muss sie erobern. Rasch. Denn dann hat er sein Ziel, die 101. Frau in diesem Jahr flachzulegen, erreicht. Die ersten 100 Damen zu erobern, war für ihn Routine.

Sie lächelt ihm verführerisch zu. Er lächelt zurück. Unwiderstehlich. Verwegen. Charmant. Gerissen. Er steht auf und geht auf sie zu.

Sein linkes Schuhband lockert sich. Fast wäre er gestolpert. Leonardo bückt sich, um es zuzubinden. Es trennen ihn noch zwei Tische vom Objekt seiner Begierde. Er wirft ihr schmachtende Blicke zu. Doch im gleichen Moment nähert sich ihr ein burschikoses Wesen. Es ist eine Frau. Sie stürzt auf seine Traumfrau zu, diese springt vor Freude auf und sie küssen sich leidenschaftlich.

Duell im Büro

Spannung liegt in der Luft. Es ist zehn Minuten vor drei Uhr. Wieder einmal ist es so weit. Sarkasti hat ihren wöchentlichen Besprechungstermin bei ihrem cholerischen Chef Alex, der sie mental stark belastet. Um pünktlich zu sein, verzichtet sie auf den Aufzug und erklimmt die hundertfünf Stufen.

Außer Atem öffnet sie vorsichtig die Tür zum Besprechungszimmer. Alex sitzt breitbeinig und ungeduldig da.

A: (Zack, zack, zack) Na, wieder mal zu spät?

S: Wieso? Es ist jetzt genau drei Uhr.

A: Schaffen Sie sich eine neue Uhr an. Offenbar ist ihre alte nicht mehr korrekt einstellbar. (Schnaub, schnaub) Ich muss gleich wieder weg. (Hust)

S: (Schluck, schluck, zitter)

A: Also, wieso haben Sie in dem PR-Artikel erwähnt, dass wir bald übersiedeln?

S: Na ja, weil es in vier Wochen soweit sein wird.

A: Kruzitürken, ich habe doch ausdrücklich verboten, dass wir das vorher bekannt geben. (Pfauch, klirr)

S: Bitte beruhigen Sie sich, ich habe lediglich erwähnt, dass eine Übersiedlung bevorsteht.

A: (Knirsch) Nein, nein, nein! So geht das nicht!

S: (Ächz) Der neue Standort fördert unser positives Image gewaltig, und alle Mitarbeiter freuen sich schon drauf.

A: (Pffff) Sie haben sich an meine Anweisungen zu halten. Ohne nachzudenken! (Grrrr)

S: (Uff, ohhh) Dann schlage ich vor, dass Sie die PR-Agenden einer anderen Person übergeben, und ich zu meinem Job ins Marketing zurückkehre.

A: (Knirsch, ächz, zack, peng) Ähhhh... Wieso zum Teufel? (Pffff)

S: Weil ich dann in Ruhe arbeiten kann. Und weil ich gerne in dieser Firma bin. Ich fühle mich hier sehr wohl.

A: (Grübel, stöhn) Dann gratuliere ich Ihnen. Das war ein Stresstest. Ich freue mich sehr, dass Sie ihn bestanden haben!

Schimmel im Loch

Sarkastis Körper zittert. Sie friert. Ihre Lippen sind fast blau. Die Außentemperatur zeigt drei Grad plus, im Zimmer hat es nüchterne dreizehn Grad. Es ist Montag, neun Uhr, Arbeitsbeginn. Fröstelnd reißt sie sich zusammen und widmet sich einem Stapel unerledigter Akten. Ihr Bürosessel ist bequem und das einzige Fenster ist zum Glück zugluftfrei.

Sie sehnt sich zurück nach ihrem alten Zimmer, doch dieses wird seit gestern saniert und zu einem Lagerraum umfunktioniert. Der Grund für ihre Übersiedlung.

Ihr neues Büro hat eine frustrierte Heizung, einen brustschwachen Computer, eine triste Aussicht und ein botanikloses Ambiente rund um ihren Arbeitsplatz. Ideale Bedingungen für eine neue Challenge. So motiviert man Mitarbeiter.

Doch es gibt da noch ein Problem: Der Fußboden in ihrem Zimmer ist an einer Stelle aufgegraben und hat ein Loch. Offenbar gibt es einen heimlichen Buddler im Betrieb, der dort einen Schatz vermutet. Es kommt noch schlimmer: Die Heizung tropft und versorgt das Loch mit Wasser. Es schimmelt.

Sarkasti meldet dies ihrem Chef. Der informiert den Personalchef. Dieser meldet den Schaden dem passiven Haustechniker. Es passiert nichts.

Am nächsten Tag ist der arbeitsscheue Haustechniker auf Urlaub. Sarkasti ist frustriert, denn er hat keine Vertretung.

Nach einer Woche kehrt der unbrauchbare Haustechniker gut erholt und gebräunt vom Urlaub zurück. Sarkasti fragt ihn, wann er denn die Heizung und das Loch im Boden sanieren könne. Das müsse austrocknen, erklärt er. „Mindestens vier Monate". Sarkasti ist empört, frustriert und zornig. Ein Versuch mit einer Champignonzucht schlägt leider fehl. Für einen Baumschwamm fehlt der Baum im Loch. Eine dritte Alternative, dieses

Loch einem sinnvollen, erfolgsorientierten Zweck zuzuführen, zeichnet sich nicht ab.

Es vergehen die vier Monate. Sarkasti geht auf Urlaub. Sie kommt nach zwei Wochen zurück. Im Zimmer ist nichts passiert. Sarkasti fragt erneut den Haustechniker, warum er es in der Zwischenzeit nicht saniert habe. Das müsse noch immer austrocknen, erklärte er. Zeithorizont gibt er keinen an. Die Heizung tropft noch immer kontinuierlich, obwohl sie abgedreht und es inzwischen Sommer geworden ist.

Nach einigen Tagen beginnt Sarkasti zu husten, der Schimmel vermehrt sich. Sie wendet sich erneut an ihren Chef, der verweist sie genervt an den passiven Haustechniker. Der wird krank. Sarkasti wird unrund. Es vergehen weitere zwei Monate. Sie kapituliert.

Zu Winterbeginn besucht sie der Assistent des Personalchefs und eröffnet ihr: „Freu dich, dein Loch wird jetzt zugemacht." Sarkasti erwidert schlagfertig: „Da wird mein Mann was dagegen haben, ich bin doch erst neunundzwanzig." Dabei greift sich – zur Veranschaulichung – zwischen die Beine.

Verständnisproblem bei Außerirdischen

Was passiert, wenn wir auf Außerirdische treffen?

Diese Frage beschäftigt Sarkasti schon lange. Bücher über Aliens haben ihre Neugierde großteils nicht befriedigt. Und ihre Freundinnen leugnen die Existenz von Aliens. Eine Kommunikationssackgasse.

Zufällig entdeckt sie, dass im Flop-Kino – unweit ihrer Wohnung – ein ausländischer Film über Außerirdische läuft. Mit dem Titel „Besuch vom Universum". Und in deutscher Sprache. Angeblich.

Sie reserviert zwei Karten per Mail. Für sich und ihren Mann. Um sicherzugehen, dass der Film auch wirklich in Deutsch gezeigt wird, ruft Sarkasti zwei Stunden vor Filmbeginn im Flop-Kino an.

Das Telefonat erweist sich als haarig.

Sarkasti:
Guten Abend, eine Frage, läuft der Film „Besuch vom Universum" heute um 20.00 Uhr in deutscher Sprache?

Flop-Kino-Mitarbeiter:
Ja, ist mit deutschen Untertiteln.

Sarkasti:
Sie verstehen mich falsch, ich möchte wissen, ob er in Deutsch läuft?

Flop-Kino-Mitarbeiter:
Ich glaub schon, allerdings ist da vor einigen Tagen was geändert worden.

Sarkasti:
Hören Sie, ist der Film jetzt in Deutsch oder nicht?

Flop-Mitarbeiter:
Ja, er läuft im Original.

Sarkasti – etwas genervt:
Also, hört man Deutsch oder sieht man deutsche Untertitel, wenn man den Film bei Ihnen ansieht?

Flop-Mitarbeiter:
Ich bin mir nicht sicher, jedenfalls waren es vorgestern deutsche Untertitel. Heute läuft er wahrscheinlich im Original, aber ich glaube, in Deutsch.

Sarkasti aufgebracht:
Phonetisches Deutsch oder optisches Deutsch?

Flop-Kino-Mitarbeiter:
Ja.

Sarkasti gibt auf, stellt allerdings klar:
Also, wir haben per Mail zwei Karten reserviert. Wir kommen jetzt zu Ihnen ins Kino. Sollte sich nach dem Kartenkauf herausstellen, dass der Film nicht in deutscher Sprache gezeigt wird, bekommen wir das Geld für die Karten zurück. Richtig?

Flop-Kino-Mitarbeiter:
Ja, einverstanden, so können wir es machen.

Ob der Flop-Kino-Mitarbeiter wohl auch ein Außerirdischer war?

Hungry-Juchuh

30.12.:

Sarkasti hat Freunde für Silvester eingeladen. Für abends. Sie liebt belegte Brötchen. Vor allem die von der Firma Hungry-Juchuh. Auch ihre Gäste sind von diesen Schmankerln, größtenteils mit Bio-Aufstrichen versehen, begeistert. Und mit PC und Web ist die Order ein Klacks.

Sarkasti besucht den Onlineshop von Hungry-Juchuh, auf dem alle verfügbaren Sandwiches naturgetreu abgebildet sind. Supercool. Da kommt Appetit auf. Es gibt sogar Happy-New-Year-Aufstriche.

Leider ist das Beamen der Brötchen noch nicht möglich. Sarkasti bestellt via Web für den folgenden Tag, 18.00 Uhr, 35 Brötchen und bezahlt online mit Kreditkarte. Eine E-Mail-Bestätigung sollte folgen. Die Brötchen werden von der Filiale „Nix wie raus" geliefert.

Am Tag vor Silvester kommt bis 23.00 Uhr aber keine Bestellbestätigung.

31.12.:

10.00 Uhr – noch immer keine Antwort per Mail. Ob das wohl funktionieren wird?

Sarkasti wird ungeduldig. Sie wartet bis 13.00 Uhr. Noch immer keine Bestätigung. Sie ruft in der Filiale „Nix wie raus" an.

„Wir haben keine Bestellung von Ihnen", lautet die Aussage. „Aber wir werden uns darum kümmern, bleiben Sie entspannt, das wird schon funktionieren."

Die freundliche Dame verspricht baldigen Rückruf. Der kam auch – mit folgendem Inhalt:„Wir haben Ihre Bestellung noch immer nicht gefunden, aber wir werden mit unserem Techniker

sprechen, bitte um etwas Geduld. Und es klappt bestimmt, bitte machen Sie sich keine Sorgen".

2 Stunden später ein weiterer Anruf: „Wir haben nach wie vor keine Bestellung finden können, aber ich werde mit meinem Chef sprechen, das wird dann sicher funktionieren."

Sarkasti findet noch immer keine E-Mail-Bestätigung von Hungry-Juchuh. Sie ist inzwischen leicht nervös.

Nach nochmaligem Suchen entdeckt sie im Onlineshop eine Telefonnummer der Zentrale. Hoffnungsvoll ruft sie dort an:
   „Heute ist unser Büro leider nicht besetzt. Bitte rufen Sie uns nach den Feiertagen wieder an". Sarkasti ist inzwischen verzweifelt. Ihre letzte Chance: Sie schreibt eine E-Mail an Hungry-Juchuh.
   Und sie hat Glück:
   15 Minuten später kommt die Antwort:

„Sehr geehrte Frau Sarkasti,
   könnten Sie uns der Einfachheit halber bitte die Bestellung auf diesem Weg einfach nochmals durchgeben? Dann können wir ganz sicher sein, dass es funktionieren wird."

Sind dort alle Mitarbeiter kognitiv unterrepräsentiert?

Eine nicht existente Bestellung nochmals durchgeben? ... „Der Einfachheit halber"? ... Wie soll das funktionieren? Jetzt reichts!
   Sarkasti schreibt zurück, dass sie von der Bestellung zurücktritt und dass sie auch keine Kreditkarten-Abbuchung ihres offensichtlichen Phantomauftrages akzeptieren wird.

Sarkasti überlegt Alternativen. Also keine Hungry-Juchuh-Brötchen. Zorn und Verzweiflung kommen auf. Was tun?

Die Zeit fliegt dahin. Inzwischen ist es nachmittags 16.30 Uhr, die Geschäfte schließen bald. Die Gäste kommen um 18.00 Uhr.

Sie ist im Stress.

Ihr Handy klingelt. Eine freundliche Frauenstimme teilt ihr mit, dass die Bestellung nun doch aufgetaucht sei und die Brötchen ordnungsgemäß zugestellt werden könnten, falls Sarkasti darauf noch bestehen sollte.

Erleichtert bejaht sie.

Was da los gewesen sei, fragt Sarkasti. Die freundliche Dame erzählt ihr, dass laufend Bestellungen via Internet bei Hungry-Juchuh nicht ankommen und Sarkasti keine Ausnahme sei. Aber dass die Firma Hungry-Juchuh an diesem Problem dran sei. Und das sogar am 31.12. Gratulation! Die Brötchen sind rechtzeitig um 17.30 Uhr geliefert worden. Prosit Neujahr.

Offene Bankschalter geschlossen

Sarkasti braucht dringend 450 Euro. Sie geht auf Ihre Hausbank. Die Punk Republika. Sie ist in Eile, der Job im Büro wartet. Leider hat sie Pech. Die Selbstbedienungsterminals werden gerade alle gewartet. Und das um 9 Uhr vormittags. Sie kämpft sich durch die Techniker im Foyer zur Kassenhalle.

Ihre Stammfiliale ist auf viele Kunden ausgelegt und hat 4 Schalter. Bisher musste sie in ihrer Bank kaum warten. Trotz Rushhour. Heute stehen die Kunden Schlange. Ein weiterer Grund ist offensichtlich: 3 von 4 Kassenschaltern sind geschlossen. Sarkastis Eindruck: Kundenverkehr am Schalter ist unerwünscht.

In der Punk Republika wird auf profunde Kundenbetreuung hingewiesen. Aufsteller mit folgenden Texten visualisieren Kompetenz:
- Sie sind uns wichtig.
- Wir haben die Probleme für Ihre Lösung.

und

- Bitte haben Sie Verständnis, dass dieser Schalter geschlossen ist.

Der letzte Satz ist via Aufsteller bei Schalter 2 platziert. Sarkasti überlegt. Dieser Text ist eine Bitte. Muss sie dieser Folge leisten? Nein. Sie geht überzeugend auf den geschlossenen Counter zu. Dahinter ordnet eine Bankangestellte im Schneckentempo Belege in eine Mappe ein.

Sarkasti grüßt freundlich. Die Angestellte ist irritiert und verwirrt. Sarkasti grüßt noch freundlicher ein 2. Mal. Die Bankbeamtin dreht sich etwas verunsichert zu ihr hin. Sarkasti kommuniziert

ganz höflich: „Ich lese, dass dieser Schalter geschlossen ist, aber ich möchte dieser Bitte nicht entsprechen, das bedeutet: Ich habe nämlich kein Verständnis dafür, dass derzeit an diesem Schalter keine Kunden bedient werden."

Pause. Die Angestellte schaut verdutzt und überlegt eine Strategie, ist aber überfordert und öffnet unwirsch den Schalter für Sarkasti.

Pizza-Cocktail

Alle sind hungrig, denn im Flieger „Wishless" gab es kein Essen, keine Snacks, keine Getränke – daher auch keine Speibsackerln. Die neuen Einsparungsmaßnahmen.

Nach einer Flugverspätung von zwei Stunden ist Sarkasti mit ihrer Familie soeben im Hotel Sirtaki Beach auf der Insel Alastor angekommen. Beim Check-in sind sie die einzigen Gäste. Das spartanische Zimmer ist rasch bezogen. Der Hunger riesig. Also auf zum Strandrestaurant „Gyros to heaven".

Die Speisekarte in 10 Punkt ist mit Brille gerade noch lesbar. Die schlaftrunkene Kellnerin – offenbar nachteulenverwandt – stürzt herbei. Sarkasti bestellt zweimal Pizza Margherita, zweimal French fries, zweimal Tsatsiki und eine große Flasche Mineralwasser.

Es vergeht eine halbe Stunde, nichts passiert. Die Kellnerin vertröstet: „Problem in kitchen." Dann wird endlich serviert. Es kommen zwei Cocktails Margherita für die beiden Kinder, eine Suppe undefinierbaren Inhalts und ein Krautsalat.

Verjährtes Ketchup

Jausenpremiere.

Die erste Einladung bei Sarkastis langjähriger, etwas exaltierter Bürokollegin Christine. Voller Freude auf eine köstliche Mahlzeit verzichtet Sarkasti vorsichtshalber auf das Mittagessen, denn Christine ist eine ausgezeichnete Köchin.

„Weißt du, wenn ich Besuch einlade, dann nehme ich mir viel Zeit zum Kochen", bemerkt Christine. „Das letzte Mal gab's gefüllte Gans mit Maroni, ein anderes Mal hab ich ein neues Tortenrezept ausprobiert. Alles natürlich bio."

Sarkasti läuft das Wasser im Mund zusammen. Sie ist sehr gespannt, was Christine heute kulinarisch auftischen wird. Ihr neues rotes Jerseykleid bietet viel Platz für ein gutes Essen.

Sie kauft einen Veilchenstrauß als Mitbringsel und entsteigt mit knurrendem Magen der U-Bahn.

Christines Wohnung liegt vis-à-vis der Bahnstation. Christine begrüßt Sarkasti im Jogginganzug und bittet sie in ihr Wohnzimmer. Ein eigenwilliges Outfit für einen Besuch. Ob das eine Fitness-Stunde wird, überlegt Sarkasti.

Rund um den Holztisch sind vier griechische, ungesellige Sessel drapiert. Die Sitzflächen sind mit Stroh bespannt, die Lehnen stehen kerzengerade und senkrecht zum Himmel. Ojeoje, denkt Sarkasti. Erinnerungen an den letzten Griechenlandurlaub werden aktiv. Auf solchen Stühlen kann man maximal zehn Minuten ohne Kreuzschmerzen sitzen. Eine Couch-Alternative ist leider nicht in Sicht.

„Ich habe gar nichts vorbereitet, da ich nicht wusste, was du gerne möchtest", überrascht sie Sarkasti.

Die Getränkeauswahl ist erbärmlich. Sie darf zwischen Tee, Kaffee und Sekt wählen. „Tee, bitte", antwortete sie artig und

Christine serviert ihr eine ganze Tasse heißes Wasser mit einem Früchteteesackerl. Das ist genau die Sorte Tee, die bei Sarkasti die Assoziation Grippe hervorruft. „Hast du zufällig eine Zitrone?", fragt sie. Überraschenderweise ist eine vorrätig. Leider ist dieses Exemplar kürzlich einer multifunktionalen Verwendung zugeführt worden. Die Schale war bereits abgeschabt und etwas eingetrocknet. Christine versucht, dieser antiquierten Zitrusfrucht zunächst ohne Werkzeug den Saft zu entlocken. Der Erfolg stellt sich mit drei Tropfen ein. Sarkasti wird mit dem Löffelstiel fündiger.

Christine holt aus der Küche einen Topf roher Edelkastanien, die sie mit dem Hinweis „Dir macht's doch nichts aus, wenn ich inzwischen die Maroni vorbereite?" von der Schale befreit. Die Springfreudigkeit dieser Dinger ist erstaunlich, einige nehmen in Sarkastis Tee ein warmes Bad. Sarkasti ist leicht frustriert. Der Hunger ist groß.

„Ich nutze jede freie Minute für die Zubereitung kulinarischer Schmankerln", kommentiert sie ihre Tätigkeit, während sich Sarkastis Magen bereits zum zweiten Mal verkrampft. „Möchtest du vielleicht was essen?", erkundigt sie sich mitfühlend. Auf Sarkastis „Ja, gerne" verschwindet sie in der Küche und serviert ihrer Kollegin zwei Schnitten Bischofsbrot. Sarkastis Assoziation: Kindergarten und grässlich. Mangels Alternative würgt sie diese widerwillig hinunter. Das obligate „Schmeckt's?" bleibt Gott sei Dank aus.

„Weißt du, dieser Kuchen ist aus meinem Tiefkühlfundus. So praktisch. Ich hab ihn erst vor einer Stunde aufgetaut." Offensichtlich will sie dem Bischofsbrot noch einen positiven Frische-Aspekt verpassen. „Im Moment zahlt es sich für mich nicht aus, einzukaufen und zu kochen, da mein Mann verreist ist", rechtfertigt sie sich.

Die Kommunikation bleibt einseitig. Christines Interessen sind heute ausschließlich kulinarisch besetzt.

Die Maroni hat Christine inzwischen fertig geschält. Was sie damit vorhat, bleibt für Sarkasti ein Geheimnis. Und die gefüllte Gans, von der sie so geschwärmt hat, ein unrealistisches Verlangen.

„Was isst du am liebsten? Mein Lieblingsgericht ist getrüffelte Hühnerleber, die kann ich besonders gut. Letzte Woche hab ich schottischen Lachs gebrutzelt. Meine Gäste waren begeistert".

Sarkasti fühlt sich verarscht. Christine ist heute offenbar darauf aus, ihre hausfraulichen Fähigkeiten ausschließlich verbal umzusetzen.

Sarkasti fehlen die Worte. Verzweifelt kaut sie am letzten Bissen Bischofsbrot. Um ihren Frust zu ersticken, kommt sie auf das Sektangebot zurück, was sich als gute Idee entpuppt. Davon ist sogar eine große Flasche, originalverschlossen und gekühlt, vorrätig. Nach dem dritten Glas Sekt ist Sarkasti leicht beschwipst, noch immer hungrig und giert nach etwas Pikantem. Sie fragt Christine, was vorrätig ist. „Lass dich überraschen", flötet Christine.

Nach 10 Minuten bringt sie einen Schinken-Käse-Toast. Sarkasti fragt nach Ketchup. „Ich glaube nicht, dass ich eines zu Hause habe. Unsere Familie hat eine Tomaten-Allergie, aber vielleicht finde ich dennoch eines", murmelt Christine. Die Suche ist zwar erfolgreich, das Mindesthaltbarkeitsdatum allerdings seit mehreren Jahren abgelaufen. Ihr zögerndes „Möchtest du?" weißt Sarkasti höflich zurück und überzeugt Christine von der Entsorgung des kaputten Ketchups.

Sarkasti kann kaum mehr sitzen. Die harte, menschenfeindliche Bespannung der griechischen Sessel verursacht ihr zunehmend Schmerzen. Sie würgt rasch den zähen Toast hinunter und verabschiedet sich sektfrustriert. Ihr nächstes Ziel: ein Würstelstand.

„Du musst unbedingt bald wiederkommen", ruft Christine ihrer Bürokollegin nach, als Sarkasti erleichtert im Aufzug verschwindet.

Das Kondom und der Gartenschlauch

Duschen ohne Dusche. Flott, unkompliziert und wassersparend. Unmöglich?

Möglich: mit stylishem Schwenkhahn in der Badewanne. Sogar Liebhaber erprobt.

Sarkastis Badezimmer war wenig überraschend gut durchdesignt. Extravagante Optik – das war ihr wichtig. Schwarze Fliesen am Boden, ein hellgraues Waschbecken, die Badewanne in der gleichen Farbe und hellgraue Wandfliesen. Die skandinavischen Armaturen waren alle schwarz. Eigentlich waren es nur zwei, die Armatur beim Waschbecken und der Schwenkhahn über der Badewanne.

Sarkastis neuer Verehrer Michael war ein total faszinierender Mann. 1,90 groß, blond, schlank, gut durchtrainiert und fünf Jahre jünger als sie. Er war ein frecher, humorvoller Kerl, lachte gerne, war sehr neugierig und ein einfühlsamer Lover. Sarkasti verbrachte eine unvergessliche erste Nacht mit ihm.

Leider blieb Michael nur bis fünf Uhr früh, denn der Dienst im Spital rief. Er rappelte sich aus dem Bett und schlug den Weg Richtung Bad ein.

„Ich geh mal duschen", verkündete er. Oje, dachte Sarkasti, das wird nicht funktionieren, mangels Dusche. Ob er mit dem Schwenkhahn zurechtkommen wird?

Tatsächlich schien er irritiert, da er keine Brause und auch keinen Duschschlauch vorfand. Schlaftrunken fragte er Sarkasti nach den fehlenden Utensilien.

So was von inflexibel, dachte Sarkasti. Einfach in der Wanne Platz nehmen, Stöpsel verschließen, Benetzungsvorrichtung hin und her schwenken, von der Rückenlage in die Bauchlage

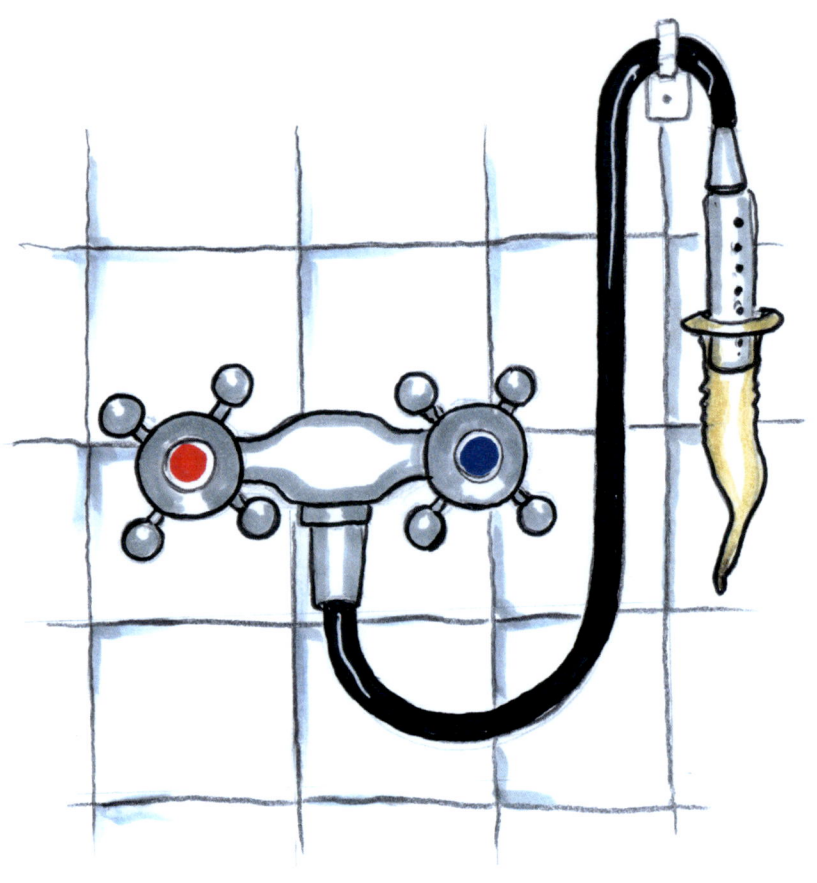

wechseln, und fertig. Das war Sarkastis Dusch-Zeremoniell. Flott, unkompliziert, wassersparend.

Seine Frage wurde von Sarkasti punkto Ästhetik beantwortet. Sie erklärte das Manko ungewöhnlich. Da die Produktlinie dieser skandinavischen Designarmaturen nur eine Stabdusche im Programm hatten, die eine frappante Ähnlichkeit mit einem Lockenstab oder Vibrator aufwies, habe sie sich für den extravaganten Schwenkhahn entschieden.

Sarkastis bisherige Liebhaber hatten sich anfangs zwar auch gewundert, doch als Duschersatz nach dem Sex immer ein Vollbad genommen.

Michael war das alles zu kompliziert, er ging, ohne zu duschen, und sie verabredeten sich für den kommenden Nachmittag.

Eine Fahrt ins Grüne sollte es werden. Michael holte Sarkasti mit seinem Auto ab. „Ich muss noch einen Sprung zum Baumarkt schauen", bemerkte er vergnügt. „Kommst du mit?" Neugierig stieg sie aus dem Wagen. Michael steuerte zielstrebig auf die Gartenschlauchregale zu, wählte eine Gartenbrause und ließ sich einige Meter von einem schwarzen Schlauch abschneiden. „Ein originelles Design für dein Badezimmer, damit werde ich bei dir gepflegt duschen können", verkündigte er lachend und packte die Duschvorrichtung ins Auto.

Sarkasti war einerseits von seinem Kauf fasziniert – endlich ein kreativer, lösungsorientierter Mann –, andererseits vom bevorstehenden Stilbruch in ihrem Badezimmer optisch verletzt.

Nach dem Waldspaziergang fuhren sie wieder in ihre Wohnung, die Duschteile im Baumarktsackerl. Michael machte sich im Badezimmer sofort an die Arbeit. Er war sehr geschickt und hatte nach einigen Minuten den Duschkopf samt Schlauch am schwarzen Designerhahn fachgerecht montiert. Es war ein heißer, schwüler Sommertag und Michael war vom Anschließen leicht verschwitzt.

Leider fehlte bei der neuen Brause die Dichtung. Der Baumarkt war bereits geschlossen. Michael dachte kurz nach. Die Suche nach einem Äquivalent dauerte nur Sekunden: „Hast du noch ein Kondom?", wollte Michael wissen. Sarkasti hatte von diesen Dingern immer genügend Vorrat zu Hause.

Er zerschnippelte es fachgerecht und die Zweckentfremdung schien gelungen zu sein. Michael demonstrierte sofort die Funktionsfähigkeit. Auch Sarkasti genoss die neue Duschkreation. Jetzt realisierte sie erst, worauf sie lange freiwillig – aus Gründen der Ästhetik – verzichtet hatte.

Kreolisch vegetarisch

Sarkasti blickte auf ihren Teller. Was sie sah, konnte sie nicht glauben.

Sie hatte Thai Noodles geordert. In Mauritius – ihrem Traumurlaubsziel.

Das weißlich-orange-gelbe Gemisch auf ihrem Teller roch nach scharfer Marinade. Rohkost in Nudelform. Das war sicher eine besondere Spezialität von Mauritius, vermutete sie.

Enttäuscht gabelte sie einen Bissen hinunter. Er schmeckte nach Krautsalat. Und nach etwas Chili. Im Hintergrund spürte sie einen Hauch von Karotten. Ein pikanter Abgang kitzelte ihren Gaumen. Urlaubsmotiviert verputzte sie den Rest. Doch der Appetit und die unzügelbare Sehnsucht nach Nudeln blieb. Noch immer magenknurrig verlangte sie nochmals die Speisekarte. Alle Gerichte waren in englischer Sprache und blumig beschrieben, kulinarische Mosaike, leider ohne Abbildungen.

Klar, das ist ein Viersternehotel und kein Fast-Food-Anbieter, verinnerlichte sich Sarkasti beim Vermissen der Speisefotos. Katalogspeisekarten wären dort ein No-Go gewesen.

Sarkasti warf erneut einen Blick in die vermeintlich ergebnislose Menükarte. Die Bezeichnungen der kulinarischen Angebote waren undefinierbar fantasievoll. Sie rief den freundlichen Kellner zu Hilfe. „Yes, very good, not spicy", antwortete er auf ihre Fragen nach den Ingredienzien, unabhängig von der ausgewählten Speise. Unvermutet fand sie eine weitere Nudeloption angeboten, die Vegetable Lasagne.

Überzeugt, die richtige Wahl getroffen zu haben, bestellte sie die Gemüselasagne. Eine Viertelstunde verging. Sarkasti war noch immer hungrig und urgierte die Bestellung. Man teilte ihr mit, dass alle Gerichte frisch zubereitet würden und dies daher einige Zeit in Anspruch nehme. Beruhigt entspannte sie sich im hübsch designten Speisesaal. Frisch zubereitet, das klingt nach

Lasagneblättern, Tomaten, Karotten, Knoblauch, Zwiebel, Zucchini, Gewürzen und vor allem – Béchamelsauce. Sarkasti liebt Béchamelsauce, am liebsten mit geriebenem Käse. Das Überbacken im Rohr braucht Zeit. Verständlich. Nach einer halben Stunde kam die ersehnte Speise, leider kalt. Ein Backrohr kannte diese Speise offenbar nicht einmal im Traum.

Das Gericht war 12 cm lang, 5 cm hoch und 3 cm breit. Es bestand aus mehreren Schichten einer geslicten Gurke, aus Paradeisscheiben, geschnittenen Zucchinis, würfeligen Avocados, Gewürzen und einem undefinierbaren Anti-Nudelteig-Boden.

Die Autorin

Eva Salvarani, geboren 1952 in Wien, Betriebswirtin, lebt mit ihrem Mann in Wien und Eisenstadt. Sie verbrachte viele Jahre in einem Zeitschriftenverlag als Anzeigenberaterin. Die Inspiration und Liebe zum Schreiben wurden in ihr während der Corona-Lockdowns geweckt. In ihrer Freizeit widmet sie sich dem Fotografieren und ist als Mitglied eines Fotoklubs immer wieder bei Ausstellungen vertreten. Das Reisen in ferne und exotische Länder bereitet der Autorin große Freude. So konnte sie etwa bereits Mauritius, Thailand, Bali sowie den Jemen und den Oman besuchen. Seit ihrem Ruhestand im Jahr 2015 widmet sie sich vermehrt dem Schreiben. Beim Erzählband „Eine vergnügliche Reise durch den Lebensdschungel" handelt es sich um die erste Veröffentlichung der Autorin.

Der Illustrator

Hinter dem Pseudonym Geronimo verbirgt sich der österreichische Karikaturist Gerald Koller, Jahrgang 1969, der seine Kunst seit 1998 freischaffend ausübt. Im burgenländischen Rust lebend, hat Koller Eurocature mitbegründet und mehrfach an der Masterclass von Sebastian Krüger teilgenommen. Der Schöpfer der Politikerkarikaturen für den Möbelhändler XXXLutz kann auf zahlreiche Ausstellungen im In- und Ausland zurückblicken.

© Urheber Geronimo – www.geronimo.click

Der Verlag

Wer aufhört besser zu werden, hat aufgehört gut zu sein!

Basierend auf diesem Motto ist es dem novum Verlag ein Anliegen, neue Manuskripte aufzuspüren, zu veröffentlichen und deren Autoren langfristig zu fördern. Mittlerweile gilt der 1997 gegründete und mehrfach prämierte Verlag als Spezialist für Neuautoren in Deutschland, Österreich und der Schweiz.

Für jedes neue Manuskript wird innerhalb weniger Wochen eine kostenfreie, unverbindliche Lektorats-Prüfung erstellt.

Weitere Informationen zum Verlag und seinen Büchern finden Sie im Internet unter:

www.novumverlag.com